LE JOURNAL DE KHABY

W0415052

KHABY LAME

avec Simone Laudiero

LE JOURNAL DE KHABY

Illustrations de Gabriele Bagnoli

Traduit de l'italien par Laurent Lombard

Jungle

Original title: IL DIARIO DI KHABY.
© 2022 Mondadori Libri S.p.A. , Milano
Edited by Simone Laudiero
Illustrations by Gabriele Bagnoli

Illustrations de couverture : © Nadya Galanicheva / Shutterstock, © Miniwide / Shutterstock
Illustration intérieur : © Buntoon Rodseng / Shutterstock

Traduction française : Laurent Lombard

Maquette et lettrage : Simona Maccaroni
ISBN : 978-2-822-23860-1

© 2022, Éditions Jungle pour la présente édition.
Jungle est une maison d'édition du groupe Steinkis.

Il est strictement interdit, sauf accord préalable et écrit de l'éditeur, de reproduire (notamment par photocopie ou par numérisation) partiellement ou totalement le présent ouvrage, de le stocker dans une banque de données ou de le communiquer au public, sous quelque forme et de quelque manière que ce soit.

Loi n°49-956 du 16 juillet 1949 sur les publications destinées à la jeunesse.

Première édition
Achevé d'imprimer en juillet 2022 en France chez JJ Production.
Dépôt légal : octobre 2022

Voici Marco, on s'est rencontrés la semaine dernière, à son premier jour d'école. Cette année, Marco a commencé le COLLÈGE. Je me rappelle ce que ça avait été pour moi : une grande aventure. Nouveaux lieux, nouveaux camarades, nouvelles émotions et nouveaux problèmes.

Un des nombreux nouveaux problèmes pour Marco : depuis cette année, il rentre chez lui tout seul. Ce qui est **génial**, non ? L'indépendance, la liberté, choisir par où rentrer...

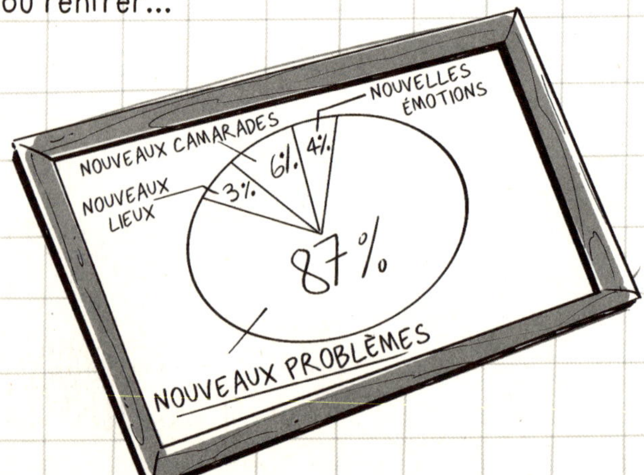

Ça n'a pas été simple, mais quand Marco est arrivé chez lui, il s'est enfin senti un grand garçon. Puis il s'est souvenu du problème de l'ascenseur. L'année dernière, après une réparation, le nouveau panneau de commande a été monté au-dessus de l'ancien, et Marco n'est pas très grand pour un enfant de 11 ans.

N'importe qui aurait pris l'escalier à ce stade, d'autant plus que le premier jour d'école, les sacs à dos ne sont pas pleins de livres. Mais Marco a la chance d'avoir des parents qui pensent toujours à tout.

Et donc, avec un sac aussi lourd, Marco ne pouvait pas monter l'escalier jusqu'au septième étage, où il vit. Son seul espoir était de sauter assez haut, mais comment ???

Moi, j'habite au deuxième, donc je prends toujours l'escalier. C'est là que j'ai trouvé Marco, qui essayait de lancer son sac jusqu'au premier palier, à la manière d'un lanceur de poids aux jeux Olympiques.

J'ai tout de suite compris le souci, mais Marco était déjà en train d'attacher son sac au caniche de Mme Rampoldi pour l'utiliser comme chien de traîneau.

↳ Résultat : le chien a bouffé la trousse et a détalé.

Je ne connaissais pas Marco, mais je me suis arrêté et lui ai conseillé d'oublier les chiens. Il m'a demandé si je pouvais lui prêter un drone, de préférence assez puissant pour soulever 15 kg dans les airs.

« Mets ton sac dans l'ascenseur et suis-moi. »

Quand on est arrivés au septième étage, j'ai appuyé sur le bouton d'appel et...

SIMPLE, NON ?

Marco était tout content et m'a remercié mille fois. Je lui ai répondu qu'il n'y avait pas de quoi. Et que s'il avait besoin d'autre chose, il n'avait qu'à demander.

« T'inquiète », m'a dit Marco, qui est un garçon gentil et optimiste. « Je suis sûr que tout ira bien maintenant. »
Mais son sourire s'est effacé et je lui ai demandé quelle triste pensée lui était passée par la tête.

Le jour de la rentrée a également été le jour où il fallait choisir sa place. Et pour Marco, ça n'a pas été facile : il avait l'impression que tout le monde se connaissait déjà. Certains venaient de la même classe, d'autres avaient un cousin ou au moins un ami du karaté. S'étaient-ils tous mis d'accord <u>sauf</u> lui ?

MÊME CLASSE
MÊME CLASSE
COUSINS
COUSINS
SIGH
ILS FAISAIENT DU FOOT ENSEMBLE
ILS FAISAIENT DU VOLLEY ENSEMBLE
ILS FAISAIENT DU KARATÉ ENSEMBLE
ILS FAISAIENT DU PATINAGE ENSEMBLE
ILS FAISAIENT DU KAYAK ENSEMBLE
DU KAYAK ??? QUI FAIT DU KAYAK À 10 ANS ?

Marco, lui, ne connaissait personne et a finalement choisi la place à côté d'un type avec un gilet à carreaux qui ne semblait pas être mieux servi en ce qui concerne les amis. Mais le pire, il me l'a raconté quelques jours plus tard. Marco a découvert que Denis Lorenzoni, la brute qui le persécutait à l'école primaire, était dans le même collège que lui. Après deux redoublements, Denis avait réussi à passer le cap du CM2. Marco pensait en être débarrassé, mais le revoilà, dans une forme éclatante.

Lorenzoni aime manifestement les insultes horticoles. Marco, par contre, ne les apprécie pas du tout et il décide immédiatement de changer d'itinéraire, mais Lorenzoni ne renonce pas. Surtout depuis que sa dernière invention, « cul d'oignon », l'a tant amusé.

Marco, pour se débarrasser de cet intimidateur, réfléchissait aux chemins les plus improbables : sauter de toit en toit comme Neo dans *Matrix* ; marcher sur les murs des immeubles comme Spider-Man ; ramper dans les égouts, encore une fois comme Neo, mais quand il est vêtu de haillons.

De tous les chemins, le seul possible était celui des égouts, mais je l'ai déconseillé à Marco : le but n'est pas seulement d'arriver à l'école, mais d'y arriver assez propre pour pouvoir y entrer.

Après avoir écarté l'hypothèse des égouts, il a pensé à se déguiser en vieille dame, se couvrant d'un châle et mettant ses livres dans un chariot de courses, mais il a découvert que Lorenzoni aime aussi s'en prendre aux personnes âgées.

En dernier recours, Marco a décidé d'affronter Lorenzoni. À la première insulte légumière, il s'est retourné et a lancé : « Répète pour voir ! » Et là, Lorenzoni a montré que ses talents potagers ne se limitaient pas au lexique mais s'exprimaient aussi en actes.

Et c'est dans cet état que je l'ai trouvé aujourd'hui. Alors, j'ai décidé d'intervenir. Même si Marco ne demandait pas mon aide, je l'ai approché pour voir si je pouvais faire quelque chose pour lui.
« Ça dépend », il m'a répondu. « Tu connais une stratégie pour éloigner les brutes ? »

« Une stratégie applicable à toutes les brutes, ça n'existe pas », j'ai dit. « Mais, généralement, les ignorer et passer à autre chose, ça marche. Et surtout se faire de nouveaux amis. »

Je suis d'accord. Se faire des amis n'a jamais été simple. Se faire de vrais amis, encore moins. Mais parfois dans la vie, si on a un peu de chance et qu'on n'y pense pas trop, de bonnes choses arrivent. Comme trouver un ami.

Après tout, Marco en a trouvé un le tout premier jour d'école, pas vrai ?

J'ai revu Marco aujourd'hui et il était vraiment anéanti. Parmi les changements intervenus au collège, il en est un auquel il n'avait accordé aucune importance, mais qui a pourtant des conséquences ÉNORMES sur la vie de chaque élève. Ça a l'air d'un changement mineur, mais en réalité, c'est une véritable révolution : au collège, on ne porte plus de blouse.

Moi aussi, je n'ai réalisé l'importance de la blouse que lorsque je n'ai plus dû la mettre : si simple et si efficace. Elle empêche les autres de voir comment tu es habillé et t'évite bien des tracas.

À l'école primaire, tu n'as jamais à te soucier de ta tenue vestimentaire. La plupart du temps, c'est ta mère qui s'en charge et tu peux te concentrer sur ce qui est vraiment essentiel.

Au collège, tout change. Les autres voient comment tu t'habilles et tu ne peux plus t'en remettre à ta mère. C'est à toi de choisir tes vêtements, ou du moins de faire croire que c'est toi qui les choisis. Si quelqu'un soupçonne que c'est encore ta mère qui le fait pour toi...

Tu es **FOUTU** !

J'ai donc demandé à Marco : « Qui est-ce qui décide de ce que les garçons de ta classe doivent porter ? Les défilés de mode ? Les vidéos des blogueurs ? ».

« Rien de tout ça », m'a répondu Marco.

« C'est Luca Pellegatti, le gars le plus top de la classe. »

Ceux qui s'habillent comme Pellegatti sont écoutés, les filles les regardent, leurs copains les suivent... Ceux qui ne s'habillent pas comme Pellegatti, en revanche, sont condamnés, même s'ils veulent tout bonnement qu'on les laisse tranquilles.

Mais ça, Marco l'a compris **trop tard**. Le deuxième jour, il s'est présenté au collège vêtu d'un T-shirt des Gormiti, ce qui l'a placé en deuxième position sur la liste des élèves les plus mal fringués de sa classe. La première place étant détenue par ce garçon au gilet à carreaux dont personne ne connaît le nom.

Jeudi, Marco a été obligé de faire quelque chose qu'il n'avait jamais eu à faire auparavant : ouvrir son armoire et découvrir ce qu'elle contenait exactement. Il s'est alors aperçu qu'il a plein de vêtements de différents types, mais tous ont ceci en commun : ça ne le fait pas.

Sans oublier le plus gros problème de tous : les chaussures. On ne peut pas tricher avec les chaussures : il y a les chaussures qu'il faut et les autres. Lorsque Marco arrive au collège avec ses chaussures normales, Anna Wang lui lance un regard si glacial que, pendant un instant, on se croirait déjà en février.

Après sa mauvaise expérience avec Anna, Marco a fait quelque chose qu'il fait rarement car il ne sait jamais comment ça va se terminer.

« J'ai demandé conseil à ma sœur », m'a-t-il confié. « Viviana est au lycée et elle ne fait pas de cadeau. Mais parfois, elle me donne de bons conseils. D'autres fois, elle est juste odieuse. » Cette fois, si je comprends bien, elle était juste odieuse.

Vu l'échec avec sa sœur, Marco a demandé conseil à son père. Demander à son père des conseils sur la façon de s'habiller est quelque chose qui ne fonctionne qu'après l'âge de trente ans. À 11 ans, c'est clairement une mauvaise idée.

En fin de compte, Marco a dû admettre que, dans certains cas, la famille ça ne sert à rien. Pour lui, le moment était venu de passer à la contre-attaque. Il a téléchargé sur Internet les photos et la fiche technique des nouvelles chaussures blanches à la Luca Pellegatti et il les a transmises à sa mère. Il n'a rien laissé au hasard.

Le soir, sa mère est rentrée avec une paire de baskets marron à semelle respirante et lui a dit : « Celles-ci sont bien pour tes chevilles. » Marco aurait voulu les bouffer et les recracher en petits morceaux dans la poubelle.

Et nous voilà à aujourd'hui, quand j'ai revu Marco sur le chemin du retour de l'école et qu'on a fait un bout ensemble. Il m'a raconté ses mésaventures avec les vêtements et les chaussures. Il a finalement réussi à trouver dans son armoire un jean qu'aucun de ses camarades n'a commenté, mais le reste est un vrai casse-tête.

Le voyant si découragé, j'ai posé ma main sur son épaule et lui ai dit : « Va en cours la tête haute, et personne ne fera gaffe à comment tu es habillé. Car après tout, les vêtements ne comptent pas autant que l'assurance avec laquelle on les porte. »

Sur le coup, il ne m'a pas cru, mais quand le lendemain matin, il est venu frapper chez moi, avec ses fringues super normales, je lui ai immédiatement fait un grand sourire. Et devinez quoi ? ÇA A MARCHÉ.

Personne n'a regardé Marco de travers ce jour-là, et il a compris qu'il avait résolu le problème des vêtements. Il était loin de se douter, cependant, qu'un autre problème, encore plus grave, se préparait...

J'ai toujours aimé jouer au foot.

Ça m'amuse beaucoup et je ne suis pas une bille.

Et, depuis que les grands champions font le **KHABY MOVE** après avoir marqué à Old Trafford ou au Parc des Princes, moi aussi je copie leurs célébrations quand je marque sur les city-stades de la rue Birignoni.

Au collège, Marco a remarqué que le niveau de foot augmente sacrément du primaire au secondaire. Entre les gars qui ont grandi de 30 cm en un été, les redoublants et les simples talents naturels, c'est comme passer de National 2 à la Ligue des Champions™ en une saison.

Marco aime beaucoup le foot et joue plutôt bien, quoique son père n'ait jamais fait grand-chose pour lui apprendre ou l'encourager. Il n'a même jamais rien fait sinon l'emmener au stade une fois et lui transmettre les bases du supporter.

Marco n'est jamais allé dans un club de foot. Il a appris en observant ses camarades et ça lui a suffi. « Après tout, on joue au foot pour s'amuser, non ? » se disait-il.

Mais depuis cette année, **NON.** Au collège, le foot est un moyen de se distinguer des autres, de susciter l'envie des moins bons et les regards d'adoration de ceux qu'on aime bien. Marco m'a fait un classement de ses camarades par ordre de mérite :

Marco est jugé meilleur que Barletta uniquement en raison d'un but qu'il a marqué lors de son premier jour au parc et qu'il ne pourra jamais remettre. En tête de liste, le redouté Adil Bensaïd, spécialisé dans les grigris et les jongles avec le ballon.

Tous les camarades de Marco raffolent de ses exploits. Même le très élégant Luca Pellegatti, conquis par un **dribble épique** d'Adil Bensaïd, a fini par déclarer : « Les crampons de Bensaïd sont les plus beaux de toute la classe. »

Dans le groupe WhatsApp™ de la classe, Ginevra Pascali, tenue pour la plus jolie, a écrit « Adil est un vrai champion », ce qui lui a fait gagner deux places dans le classement des plus beaux élèves de la 6e C.
Marco m'a dit qu'il l'avait su par Malick, parce qu'il n'a pas encore de portable. En sixième, la vie de ceux qui n'ont pas encore de portable n'est pas simple.

Dans la classe, seuls deux n'ont toujours pas de téléphone. L'un est Marco et l'autre est ce camarade dont personne n'a encore demandé le prénom parce qu'il a un gilet à carreaux.

Mais revenons au foot. Marco m'a décrit les exploits d'Adil Bensaïd pendant qu'on mangeait une maxi-frite au snack de Mimmo.

Pourquoi je vous dis ça ? Marco aimerait avoir la vitesse, le contrôle du ballon et la puissance d'Adil, mais techniquement il a encore beaucoup à apprendre.

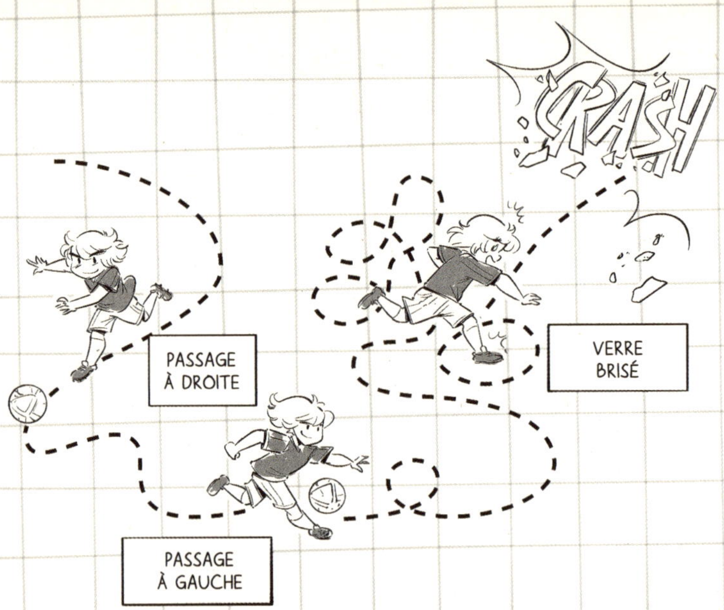

De temps en temps, je longe les city-stades et je le vois jouer : dès qu'il a le ballon, Marco essaie de faire un des grigris compliqués d'Adil, avec des résultats désastreux.

Première tentative de sombrero : balle à l'adversaire.

Deuxième tentative de sombrero :

balle dans les blousons (des adversaires).

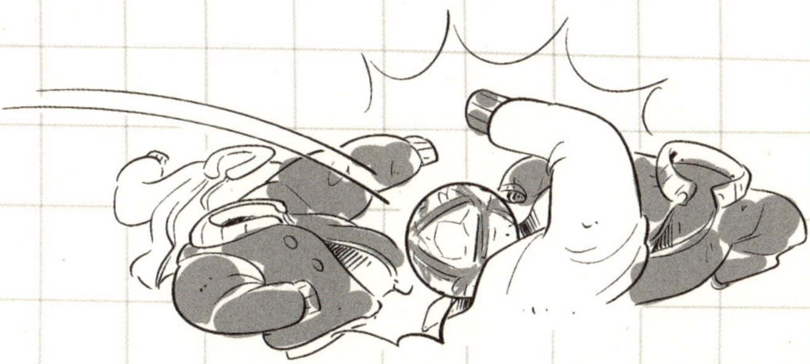

Troisième tentative : balle en plein dans la tête d'un lycéen du terrain adjacent et match suspendu en raison d'un sauve-qui-peut général.

Et les choses ne font qu'empirer... Parmi ses camarades, une tendance s'est répandue : fêter les anniversaires sur les terrains de foot ; et donc les occasions de jouer ne manquent pas. C'est précisément lors du match pour l'anniversaire de Kevin Toffarelli que Marco, recevant le ballon à quelques mètres du but adverse, tente un petit piqué particulièrement difficile, manque complètement la balle et se retrouve le cul par terre. Le gardien de l'autre équipe a tellement ri que du jus d'orange lui est sorti du nez et que la partie a été stoppée.

Quelques minutes plus tard seulement, afin de se rattraper, Marco se lance dans un double contact à la Zidane pour dribbler le rugueux Luis Sánchez.

Avec pour résultat qu'il se dribble lui-même et, personne n'a compris comment, perd ses deux chaussures.

« C'est peut-être pour ça que ça s'appelle double contact ? », commente Luis Sánchez, faisant rire tout le monde. Anna Wang, en particulier, a très mal pris la chose et a même sans doute pleuré pendant quelques minutes. Marco n'en est pas très sûr parce qu'il lui a fallu un certain temps pour s'extirper de la cage de l'équipe adverse, mais il est certain que lorsqu'il est allé s'excuser et reprendre sa chaussure, Anna lui a lancé un regard encore plus glacial que la fois précédente.

Ne sachant plus comment s'améliorer, Marco a décidé de tenter le tout pour le tout. Par l'intermédiaire de son cousin Giovanni, âgé de 13 ans, il s'est incrusté dans un match d'anniversaire de 4e, sans savoir qu'il allait jouer contre la 4e B, la classe la plus terrible du collège, dans laquelle se trouve évidemment Denis Lorenzoni. Le résultat n'a pas été celui qu'il espérait. Total des buts : 0. Total des bleus sur le corps : 17.

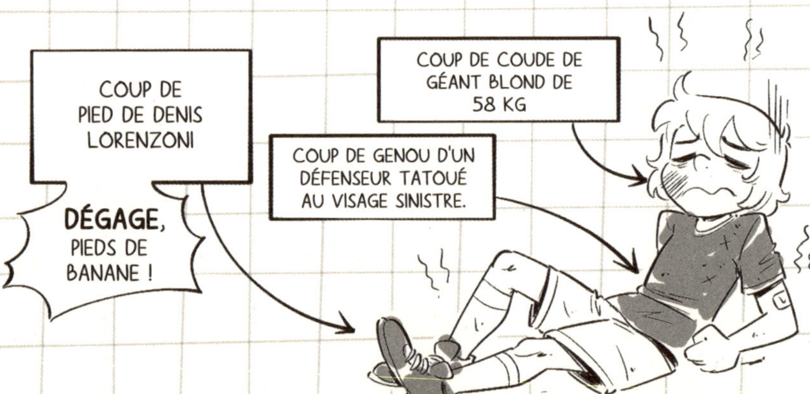

Lorsque Marco m'a raconté ce dernier épisode, j'ai décidé d'intervenir. Je devais lui dire quelque chose, mais vous savez que je suis un homme de peu de mots. J'y ai donc réfléchi un moment tout en mangeant encore des frites.

Au fond, il y a deux choses importantes dans le foot : la première, c'est de s'amuser. Bien sûr, faire des grigris de dingue peut aider à s'amuser, mais ce n'est qu'une chose parmi tant d'autres : ce qui est drôle, c'est aussi de pouvoir faire une bonne passe à un coéquipier, de parer un bon tir, de semer tous les autres en fonçant sur l'aile, et ainsi de suite. La deuxième chose importante, bien sûr, c'est...

... s'amuser et marquer des buts, non ? Et on ne met pas le ballon dans le filet avec des grigris absurdes, mais avec de la concentration et de la ténacité, en faisant ce que l'on sait faire du mieux possible.

Marco l'a bien compris et d'ailleurs, lorsque le lendemain je suis passé devant son collège et que je l'ai vu jouer, il était enfin le héros d'une action victorieuse. Il a pris le ballon au milieu du terrain, l'a passé à un équipier, a sprinté et est arrivé juste à temps devant la cage pour le recevoir et marquer.

FACILE ET EFFICACE,

tout ce que j'aime.

Avec les débuts au collège, les nouveautés s'enchaînent pour Marco. Hier, je l'ai trouvé assis sur un banc, un portable à la main. Je lui ai demandé si c'était le sien et il m'a répondu que oui, c'était bien le sien. Pourtant, il n'avait pas la mine de quelqu'un qui a franchi une étape importante.

« Alors, comment il est ce nouveau téléphone ? », je lui ai demandé. Marco m'a expliqué que c'était justement ça le problème : d'un point de vue technique, il n'était pas neuf, mais franchement vieux... **très vieux !** Ses parents avaient certes fini par céder sur le portable mais il avait hérité de celui de son père, qui venait d'en recevoir un tout nouveau de son travail.

En réalité, il n'était pas si affreux que ça. D'accord, ce n'était pas un téléphone dernier cri, mais c'était suffisant pour faire l'essentiel.

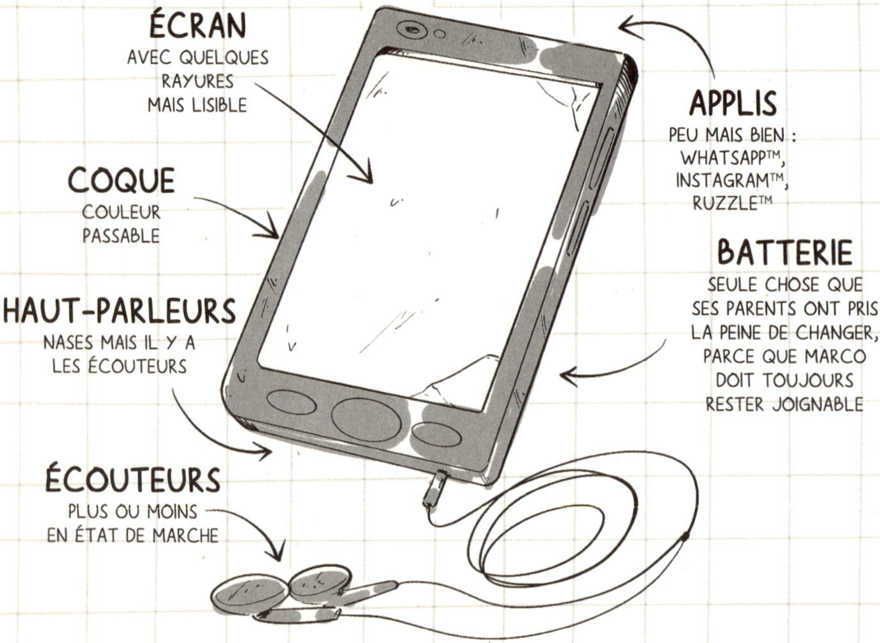

Mais ce qui fait le plus souffrir Marco, c'est la marque : Bananacom, une boîte asiatique totalement **inconnue**, que son père a trouvée par le biais d'un canal d'achat solidaire. S'il existe des marques qui suffisent à elles seules à rendre un objet génial, il ne fait aucun doute que Bananacom suffit à elle seule à obtenir l'effet inverse.

Je suis convaincu que le portable qu'on peut avoir, ça n'a aucune espèce d'importance. Perso, j'ai fait mes premières vidéos avec un portable lambda et elles ont eu beaucoup plus de succès que de nombreuses autres vidéos tournées par la suite avec des téléphones très coûteux de grandes marques. J'ai essayé d'expliquer à Marco que ce n'est pas le portable qu'on a qui compte, mais la façon dont on l'utilise. Il n'empêche qu'il avait honte que ses camarades le voient avec son Bananacom, et j'arrive à le comprendre : les jeunes peuvent être de vraies teignes quand ils le veulent.

Aujourd'hui, j'ai croisé Marco dans l'escalier et je lui ai proposé d'échanger nos numéros. Il m'a dit que j'étais la première personne à qui il le donnait. Il n'a pas eu le courage de le donner à ses camarades de peur qu'ils ne demandent à voir son téléphone, et donc il n'a même pas pu rejoindre le groupe de discussion de la classe sur WhatsApp™.

Il en est arrivé à cette décision après avoir demandé à sa sœur Viviana, qui évolue sur des terrains encore plus dangereux au lycée. Marco ferait bien de prendre les conseils de Viviana avec des pincettes, mais ça reste sa grande sœur et il la considère comme une source fondamentale de vérité.

Marco a essayé d'en savoir plus et sa sœur lui a révélé le classement des cinq trucs qu'une fille regarde chez un garçon. Si vous voulez mon avis, ce classement décrit les goûts d'une fille un peu superficielle, mais bon, les voici :

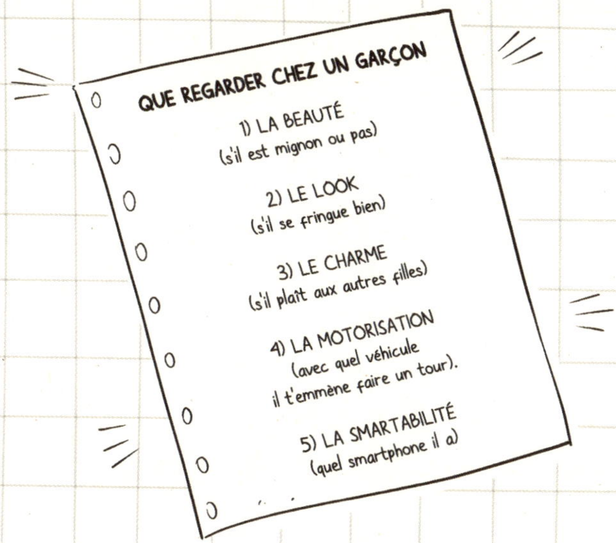

Marco était <u>dévasté</u>. Il a compris qu'il ne pouvait rien faire pour les trois premiers points (bien qu'il ne soit certainement pas laid), et pour le quatrième, inutile d'en parler. Le téléphone était donc la seule chose sur laquelle il pouvait compter, mais avec un Bananacom, il partait d'un très mauvais pied...

Le moral à zéro, il a fait ce que tout garçon de 11 ans aurait fait : il est allé voir sa mère.

Et puis son père a ajouté cette phrase que tout garçon de 11 ans, avec le moral à zéro, voudrait ne <u>jamais</u> entendre.

C'est ainsi que Marco s'est mis à faire le tour du quartier en quête de petits jobs. Dans sa tête, il s'imaginait peindre la clôture d'un voisin, mais il s'est vite rendu compte que ça n'arrive qu'en Amérique. En Italie, tout du moins à Chivasso, personne n'a de clôture.

Marco a pourtant été efficace et a rapidement dégoté un premier boulot : promener les chiens de Maître Koné, l'avocat du quatrième étage. Le seul hic, c'est qu'il a trois chiens qui pèsent chacun presque autant que Marco à lui tout seul ; ce qui fait qu'il est difficile de savoir qui promène qui.

Comme les chiens étaient trop nombreux et trop gros, Marco a préféré aller arroser les plantes de Mme Lopez au sixième étage. De là-haut, il avait une vue parfaite sur la fille du géomètre Fiacchetti qui prenait le soleil sur son balcon en maillot de bain. Dommage que ça l'ait distrait...

Marco a donc dû laisser tomber aussi son travail de jardinier pour se tourner vers une occupation plus nauséabonde mais plus sûre : sortir les poubelles des petits vieux de son immeuble.

Il a découvert qu'ils sont douze à vivre seuls dans notre bâtiment, et tous se sont dits intéressés par ce service. Cette fois-ci, le plan ne pouvait échouer.

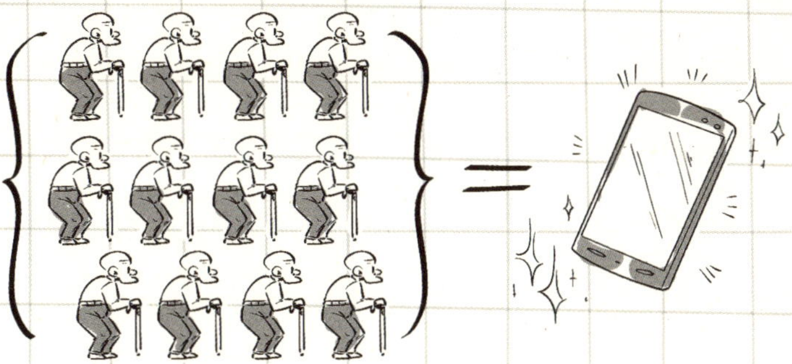

Dommage que, en sortant les ordures le soir, Marco se soit trompé de couleur de poubelles dans l'obscurité et ait jeté les déchets organiques avec le plastique. L'immeuble a été condamné à une amende, que Marco a naturellement dû payer de sa poche : 56 euros, soit exactement ce qu'il avait gagné jusqu'alors.

L'histoire de l'amende m'a vraiment énervé, parce que Marco avait fait de gros efforts, alors j'ai décidé de l'aider. Mais je ne voulais pas lui offrir un nouveau téléphone : je vous l'ai dit, peu importe la marque et la puissance d'un portable.

Un après-midi, j'ai donc demandé aux parents de Marco la permission de l'emmener faire un tour et on est allés au centre commercial, où il y a un grand magasin qui vend toutes sortes d'étuis.

LE TOUR ÉTAIT JOUÉ : avec un bel étui, le Bananacom est un téléphone comme les autres. Marco en a choisi un avec dessus l'œil Sharingan du clan Uchiwa, ce que j'ai bien sûr approuvé.

Le lendemain, au collège, il a donné son numéro à tout le monde et a enfin pu rejoindre le groupe de discussion de sa classe sur WhatsApp™, découvrant que c'est exactement comme la classe en direct, mais en plus sauvage.

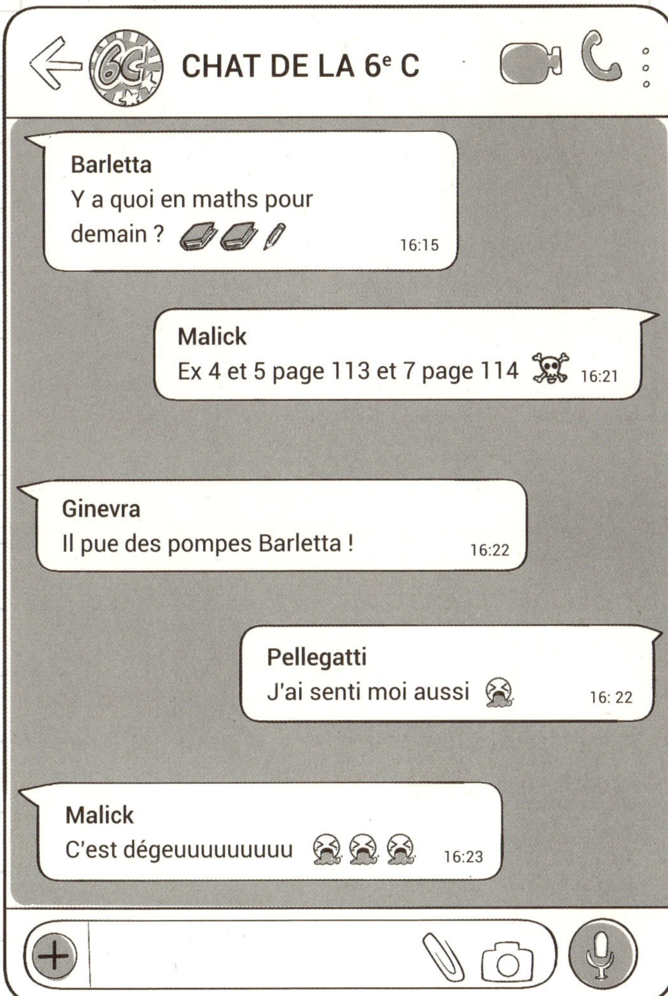

Marco m'a raconté que, depuis son plus jeune âge, il a toujours eu une passion, ou plutôt une certitude : dans son destin, il y avait des parties mythiques de LASER GAME. Malheureusement, sa mère aussi a toujours eu une certitude : le laser game est un jeu pour les plus grands que lui.

Mais maintenant que c'est enfin un collégien, rien ne peut s'interposer entre lui et le laser game.

Alors voilà que, l'autre matin, alors qu'il prenait son petit déjeuner, il a décidé de poser la question fatidique à sa mère, et la réponse fut : ÉPOUSTOUFLANTE.

Marco n'en croyait pas ses oreilles. Ce jour-là, je l'ai croisé sur le chemin de l'école et il semblait marcher à

20 cm du sol, comme un petit Iron Man se préparant à tirer sur des extraterrestres.
Je lui ai demandé ce qu'il se passait et tout ce qu'il a dit, c'est : « Je vais aller au laser game. »
Bon, si vous voulez mon avis, le laser game c'est sympa, mais pas de quoi se relever la nuit.

Lorsqu'on s'est revus quelques jours plus tard, il m'a dit qu'il avait lancé à la classe l'idée d'aller tous ensemble à un laser game. Il n'a pas eu le gros succès escompté, mais au moins une dizaine de camarades étaient intéressés. Assez pour une bataille féroce à 5 contre 5. Il était donc rentré chez lui sur un petit nuage et s'était mis à étudier des stratégies.

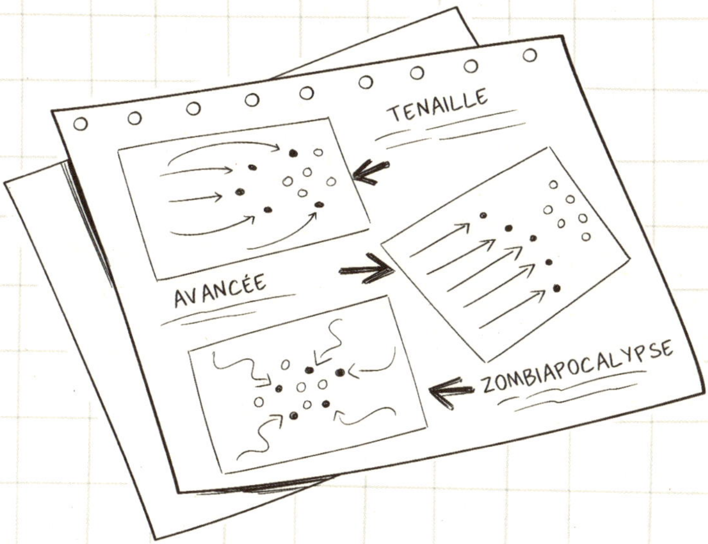

Même sur le groupe WhatsApp™ de la classe, auquel Marco avait enfin accès, la partie à venir avait fini par devenir l'un des **sujets brûlants** du moment.

Dans un premier temps, les dix participants s'étaient limités à proposer chacun leurs tactiques, puis ils étaient progressivement passés aux menaces.

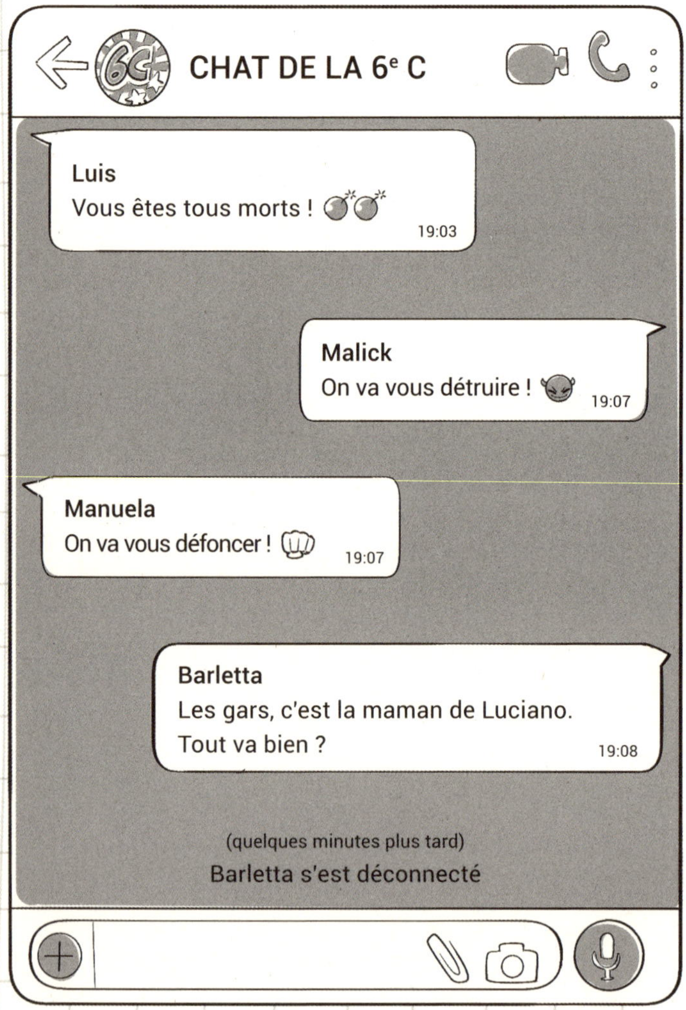

Marco était comme fou. Le lendemain, il a organisé une séance d'entraînement spéciale pendant l'heure de gym. Monsieur Mottoli, le prof, est accro aux réseaux sociaux et lorsqu'il ne force pas ses élèves à réaliser des vidéos absurdes pour les poster sur son profil Instagram™, il a tendance à se laisser distraire (Marco m'a dit qu'ils peuvent généralement faire presque n'importe quoi pendant la moitié du cours sans qu'il s'en aperçoive).

Cet entraînement simulé a été remporté par l'équipe adverse de Marco après que Manuela Bottini a piégé trois ennemis dans le filet de volley. Manuela Bottini a redoublé deux fois de suite. Une sorte de titan inarrêtable.

Cet après-midi, à 16 heures, Marco est finalement sorti de chez lui prêt pour son premier laser game. Je l'ai rencontré tandis qu'il s'y rendait et lui ai proposé de l'accompagner. Il n'arrêtait pas de dire combien il allait tout donner et quels résultats incroyables il allait obtenir.

On était presque arrivés quand Marco s'est tu. Son visage était devenu d'une pâleur couleur mozzarella. Sur WhatsApp™ était arrivé un message de Ginevra Pascali, la plus jolie de la classe.

Marco était choqué : comment ça, pour les gamins ?! Toute sa vie, sa mère lui avait dit qu'il était trop petit pour y aller, et maintenant il découvre qu'il est trop grand ??

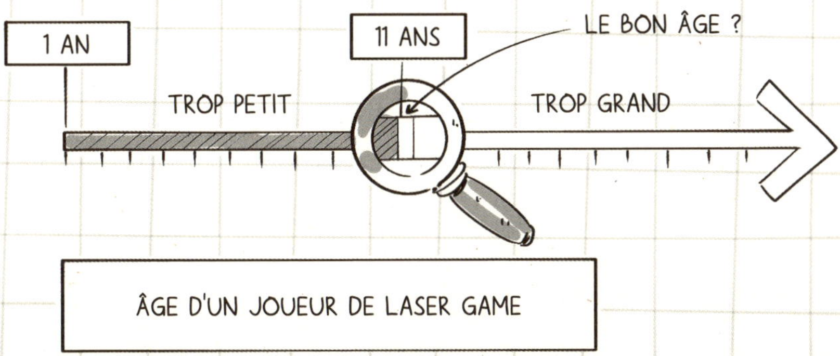

Malheureusement pour Marco, l'avis de Ginevra Pascali a un sacré poids. De fait, en arrivant devant le laser game, on a compris que personne n'était venu au rendez-vous.

Personne à part ce gars à qui ses camarades n'ont jamais demandé comment il s'appelait parce qu'il porte toujours un gilet à carreaux et n'a pas de téléphone.

Entre-temps, un concours a fait rage sur le chat de la classe pour trouver l'excuse la plus incroyable.

Mais la plus absurde était celle de Barletta, qui prétendait être allergique aux lasers. Marco a encaissé l'humiliation sans montrer sa déception et a lâchement rejoint le cœur des annulations.

Marco était effondré, mais il ne voulait pas le faire voir.
« C'est pas juste », m'a-t-il dit à voix basse. « Ça fait des années que j'attends pour y jouer ! »
Je lui ai répondu que c'était certes dommage qu'il ne puisse pas jouer, mais qu'au moins il avait trouvé un nouvel ami.
« De quel ami tu parles ? », a lancé Marco.
J'ai désigné le seul camarade qui était venu.
« Mais il a un gilet à carreaux ! », a protesté Marco.
Je savais déjà ce qu'il me restait à faire.

Marco était d'accord avec moi. Sans gilet à carreaux, son camarade a immédiatement repris confiance. Et ça a permis à Marco de savoir comment il s'appelait : Antonio Vigna. Antonio est timide mais gentil, et Marco et lui semblent avoir beaucoup de choses en commun, notamment la passion pour le laser game. Ensemble, ils ont décidé de se joindre au groupe suivant pour pouvoir jouer quand même (et vu que j'y étais, j'y suis allé aussi). <u>On s'est fait massacrer</u>.

L'autre bonne nouvelle, c'est qu'Antonio habite pas loin de là où Marco et moi habitons. On est donc rentrés tous les trois et, en chemin, Antonio et Marco se sont mis à bavarder.

Vêtements, foot, téléphone. Autant de PROBLÈMES que Marco ne s'attendait pas à devoir affronter au collège et qui l'ont pris au dépourvu. Il n'y avait qu'une seule chose à laquelle il était préparé, car tous les adultes qu'il rencontrait, en particulier sa tante Agenora, le lui avaient répété tout l'été.

Deux, trois, cinq fois plus !!!

Le travail augmentait chaque fois que sa tante Agenora répétait son terrible avertissement.

Aussi Marco avait-il décidé de ne plus lui parler.

Marco était préparé au pire, mais ça ne l'a pas aidé pour autant. Car, malgré ses cheveux affreux, tante Agenora avait raison : au collège, on bosse beaucoup plus. Il suffit de peser les livres pour s'en rendre compte.

Dans le secondaire, les professeurs ne rigolent pas. Ils savent que dans l'année, ils devront expliquer plein de choses, parfois difficiles, et ils ne veulent pas perdre de temps. Moi, au collège, j'avais un prof qui nous mitraillait de devoirs.

Et Marco découvre par lui-même qu'au collège, il faut travailler dur. Le secret, si vous voulez mon avis, c'est d'avoir un peu de méthode. Faire ses devoirs jour après jour, en se concentrant, sans distractions et sans remettre au lendemain, afin de pouvoir s'en débarrasser au plus vite et passer à autre chose.

Parmi les profs de Marco, il y a Madame Cedroni, qui enseigne les maths depuis des lustres. Je l'ai eue moi aussi et je m'en souviens très bien : c'est une enseignante stricte mais juste, que les élèves apprennent à apprécier avec le temps. Mais pas tout de suite, car Cedroni sait cacher ses vertus.

Mme Cedroni est célèbre pour ses **contrôles surprise.** Heureusement, Marco et son nouveau copain, Antonio, sont assis l'un à côté de l'autre et peuvent s'entraider un peu pendant les devoirs en classe. Mais aucun n'est meilleur que l'autre : il s'agit plutôt d'un effort commun pour survivre.

Ils ont tous deux réussi leur dernier contrôle de maths en se préparant ensemble et en obtenant un très honorable 12/20, ce qui a satisfait à la fois la prof et les parents. Mais le prochain contrôle approche et ils feraient mieux d'étudier un peu plus.

Le prof d'italien, Monsieur Pasaglia, par contre, est un jeune professeur qui n'était pas là quand moi j'étais au collège. Il est moins strict que Cedroni, mais lui aussi fait beaucoup travailler. Marco est très bon en analyse grammaticale, mieux que moi à son âge. Ou peut-être meilleur que moi aujourd'hui ?

Monsieur Pasaglia a donné comme devoir de lire un bouquin au choix avant Noël.

Dommage que je sois encore en train d'écrire ce livre, sinon j'aurais pu proposer à Marco de le lire !

Ça aurait été drôle, vu que ça parle de lui.

Il y a plein de profs, certains meilleurs que d'autres, mais chacun a quelque chose à enseigner et doit être respecté. Mais dans le lot, il y en a un qui est un concentré de problèmes : Monsieur Mottoli, prof d'éducation physique. À le voir comme ça, on dirait un type normal.

Monsieur Mottoli appartient à une catégorie d'enseignants que je connais bien : les pires, à savoir ceux qui pensent à tout sauf à enseigner leur matière. Ils sont rares mais ils existent, et les avoir c'est toujours une calamité.

Marco m'a dit que Monsieur Mottoli ne fait pas de mots croisés pendant ses cours, mais qu'en revanche il a un profil Instagram™ auquel il se consacre corps et âme. Il travaille sans relâche pour avoir le plus de followers possible, même pendant ses heures de service.

↳ Surtout pendant ses heures de service. S'étant rendu compte que ses élèves sont beaucoup plus intéressants que lui, il les intègre dans ses vidéos les plus absurdes.

Pas un seul cours de gym ne se passe sans que Mottoli ne propose de nouvelles idées farfelues, et Marco s'en plaint toujours.

« C'est bien notre veine », m'a-t-il dit, « le seul prof qui ne fout rien en cours, c'est celui qui est censé nous faire courir, sauter et jouer ! »

Mottoli, lui, ne pense qu'à ses followers.

Comme dans chaque classe, il y a toujours un élève qui fait tout pour se faire bien voir des profs. Dans celle de Marco, il s'appelle Kevin Toffarelli. Aussi farfelues que soient les idées de Mottoli, Kevin est toujours partant.

Marco m'a expliqué que celui qui n'aide pas le prof avec ses vidéos se retrouve à la merci de Manuela Bottini. L'alternative aux vidéos pour Instagram™, en effet, ce sont des parties sanglantes de balle empoisonnée entre Bottini et le reste du monde. Malgré les nombreux blessés à chaque cours, comme Monsieur Mottoli est toujours aspiré par ses réseaux sociaux, Manuela Bottini continue de balancer des balles qui feraient détaler même Goku.

Navré pour Marco, j'ai essayé de penser à quelque chose pour résoudre la situation, mais un prof c'est un prof et sa parole en classe doit être respectée.
Le seul conseil que j'ai pu donner à Marco, c'est de se rabattre sur le bon vieux Schiacciasette*, mais même ça, ça ne marche pas toujours.

* Jeu qui consiste à se placer en cercle et à se passer le ballon. Le septième receveur peut tirer sur qui il veut.

Mais les surprises ne s'arrêtent jamais. Parmi tous les nouveaux enseignants, il y a une prof avec qui Marco ne s'attendait pas à avoir de problème : Madame Verdini, la prof de musique. Et pourtant, son moment est venu à elle aussi, lorsqu'elle a annoncé le projet de la saynète de Noël.

« Plein de trucs sont plus durs au collège », m'a avoué Marco un matin alors que je l'accompagnais en cours.

« Le foot ? Plus dur. Les devoirs ? Plus durs ! En retour, j'espérais m'être débarrassé de la saynète ! Et voilà que Verdini la ressort ! »

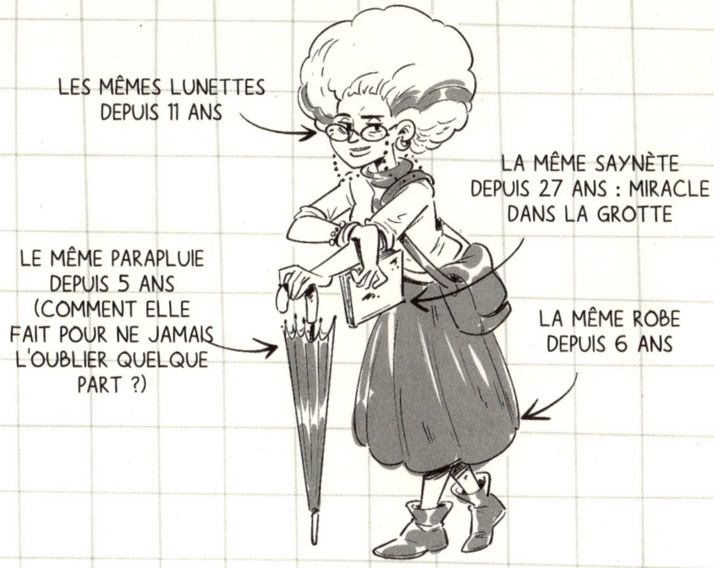

J'ai toujours trouvé les saynètes amusantes. Ça crée une bonne ambiance, c'est génial de préparer les décors et les costumes tous ensemble, et surtout, ça permet de vaincre sa timidité. Au CE2, par exemple, je me suis lâché en jouant un incroyable Nif Nif des Trois Petits Cochons.

Marco, lui aussi, ne détestait pas les saynètes à l'école primaire. Trois années de suite, il s'est vu confier dans la pièce de Noël le rôle du « Petit berger 3 » , qu'il a toujours interprété avec le plus grand sérieux.

Marco n'aime pas être au centre de l'attention et Petit berger 3 était le rôle idéal pour lui.
Mais Madame Verdini ne fait pas les choses à moitié et pour le 1er décembre, elle a organisé une audition pour distribuer les rôles.
Marco ne s'est pas trop mal débrouillé et a été admis parmi les personnages de la grotte.

Mon ami Marco ne l'a pas bien pris. Sa carrière d'acteur l'a dangereusement rapproché des projecteurs, qui sont naturellement tournés vers les poids lourds : Joseph et la Vierge Marie.

Anna Wang, quant à elle, joue la comète, ce qui, selon Marco, est bien trouvé. Il a lu dans un livre que les comètes ne sont rien d'autre que des blocs de glace errant dans l'espace et pour lui, Anna, avec son regard glacial, est parfaite pour ce rôle.

Après avoir reçu la nouvelle, Marco s'en est immédiatement plaint à ses parents lors du dîner, mais ces derniers n'étaient pas aussi choqués que lui.
Son père a EXPLOSÉ DE RIRE et sa mère a même relevé le défi.

Si ses parents ne se sont pas trop penchés sur la question, sa sœur Viviana, elle, l'a tout de suite mis en garde contre les risques de jouer l'âne dans une saynète. C'est ce que Marco m'a confié pendant que je l'accompagnais au collège, mais je lui ai dit de ne pas s'en faire, que personne ne le traiterait d'âne.

J'admets que j'ai eu tort cette fois-là.

Le fait que Denis Lorenzoni ait même renoncé à ses insultes à base de fruits et légumes m'a inquiété, mais je l'ai gardé pour moi. Pour ne pas décourager Marco, je lui ai dit que Denis est un méchant vaurien et que c'était clairement un cas isolé, mais l'arrivée au collège m'a prouvé que j'avais radicalement tort.

Je connais bien Marco maintenant et je me suis rendu compte que lorsque ça tourne mal, il a tendance à faire quelque chose qui empire la situation : il demande conseil à sa sœur. Et comme à son habitude, elle n'a pas hésité, cette fois aussi, à le faire encore plus paniquer en lui lançant : « Je te l'ai déjà dit, c'est la cata !!! Un âne ? Imagine ce que tes profs vont penser, ce que les profs du lycée vont penser ! »

Après avoir parlé avec sa sœur, Marco n'en doutait plus : il devait absolument convaincre un camarade d'échanger leurs rôles dans la saynète.

Marco a demandé à tout le monde. Il a demandé à Bensaïd, à Pellegatti et il a même trouvé le cran de demander à Ginevra Pascali, à qui il n'avait jamais adressé directement la parole.

La seule à qui il n'a pas demandé c'est Anna Wang, de peur d'être congelé. En dernier, il a sollicité son seul ami, Antonio, tout en sachant que le rôle de l'âne le condamnerait à une vie terrible.

Il est même allé jusqu'à proposer à Barletta 10 euros pour échanger le rôle de l'âne contre le sien, celui du berger qui dort et rate le passage de la comète. Mais Barletta a refusé, ce qui a encore plus convaincu Marco que l'âne est une belle arnaque.

À ce stade-là, avant que Marco ne se noie dans les ordures, j'ai compris que je devais intervenir pour l'aider. Ce n'était pas simple, cette fois, et j'ai dû cogiter toute la nuit.

Comment améliorer un rôle simple comme celui de l'âne ?
Peut-être en le rendant encore plus... asinien !
Le lendemain matin, j'avais la solution.
J'ai attendu Marco dans la cour et
en l'accompagnant au collège,
je lui ai expliqué ce que
j'avais en tête.

Une super imitation d'un âne mâchouillant de la paille, « made in Khaby ». J'ai demandé à Marco de la refaire plusieurs fois jusqu'à ce qu'il la maîtrise à la perfection et que je lui dise qu'il était fin prêt. Le matin même, il l'a refaite pour ses camarades et...

Tous se sont bidonnés. Pendant les répétitions, le moment où l'âne mâche la paille est devenu le plus apprécié, et tout le monde s'est mis à envier le rôle de Marco. Malick lui a même proposé un échange.

Marco a bien évidemment refusé, car désormais le seul et inimitable âne de Noël, c'était lui. Le jour de la représentation, je me suis moi aussi faufilé entre les familles pour voir comment il s'en sortait. Il a fait un <u>tabac</u> ! Le public s'est tordu de rire devant le mâchouillage de la paille et Marco a même fait un rappel dans le rôle du chameau des Rois Mages.

La seule à ne pas rire de la scène de l'âne a été Anna Wang, qui, d'après ce que j'ai compris, est une fille très sérieuse qui ne rigole presque jamais.

MIRACLE DE NOËL !

Cependant, lorsque le rappel du chameau a eu lieu, j'ai remarqué qu'un sourire lui avait quelque peu échappé.

C'était un beau Noël. Ma mère m'a offert une poêle à frire, mon père un casque pour mon scooter et ma tante un autre pull que je ne porterai jamais. Bref, une bonne année, mais ça a été **NETTEMENT mieux** pour Marco...

Les jeux vidéo, quelle passion. Moi aussi quand j'avais l'âge de Marco, je les adorais, et encore aujourd'hui, s'il faut jouer à un jeu de foot toute la nuit, je ne dis pas non. Marco, lui, était impatient de jouer à Battle Zero, une arène multijoueur si chaotique qu'après deux minutes à le regarder appuyer frénétiquement sur les boutons, je me suis aussitôt senti vieux.

Hélas, comme pour beaucoup de jeux, ce n'est pas tant la partie qui compte. Peu importe que vous gagniez ou perdiez, que vous soyez bon ou que vous vous amusiez. L'important c'est d'avoir le skin le plus rare avec les armes et les accessoires les plus rares pour se vanter auprès de ses potes. En gros, il s'agit d'un grand jeu de figurines déguisé en bataille entre extraterrestres-pirates-ninjas-robots-cow-boys-légumes armés jusqu'aux dents.

Armes, armures, ailes, montures, il y en a pour **tous les goûts** !

Kevin Toffarelli, qui n'a pas beaucoup de succès parce qu'il fait trop la lèche aux profs, est soudainement devenu le gars le plus sympa de la classe juste parce qu'il a chopé **la Cape d'invisibilité.** Mais, après une semaine, l'effet s'est estompé.

Mais il y a un accessoire que la classe de Marco souhaite plus que tout. Il était porté par l'Italien champion de Battle Zero lorsqu'il a battu le record du monde d'électrocutions en chaîne, et maintenant tout le monde le veut : c'est le rarissime Bonnet Rouge de Straglothon !!!

« Et toi, tu veux piloter une luge ? », j'ai demandé à Marco en plaisantant, mais il est resté très sérieux. « Si je pouvais trouver le Bonnet Rouge de Straglothon », il m'a répondu, « je pourrais enfin devenir l'ami de tout le monde. Et comme je ne suis pas un lèche-bottes, l'effet pourrait durer plus d'une semaine ! Qui sait tout ce que je pourrais faire avec ce bonnet ! »

Mais dans Battle Zero il n'y a qu'un seul moyen de trouver les objets les plus rares : ouvrir une montagne de boîtes, et les boîtes s'achètent avec de l'argent réel. **Résultat ?** Depuis que Marco a la Switch™, il passe de plus en plus de temps à acheter des boîtes de Battle Zero et à les ouvrir.

L'argent de poche de Marco, ça ne va pas très loin et ces boîtes sont chères. Il a même cassé la tirelire où il mettait sa petite monnaie depuis cinq ans.

Comme si ça ne suffisait pas, Marco suit un Youtubeur qui réalise des vidéos dans lesquelles il ouvre des boîtes de Battle Zero dans les endroits les plus absurdes, selon l'étrange idée que plus l'endroit est bizarre, meilleure est la pioche.
Box opening chez ma grand-mère, box opening dans le dressing d'une marque de haute couture, box opening sur la tour de Pise.

Cette dernière tendance a poussé Marco à une série de comportements quelque peu bizarres.

Dans le meilleur des cas, ce ne sont que des endroits improbables.

Dans le pire des cas, ils sont aussi risqués.

Hier, Marco m'a écrit sur WhatsApp™ pour me demander si je connaissais quelqu'un qui avait une Lamborghini™, parce qu'il a vu une vidéo d'une Youtubeuse russe qui ouvre une boîte tout en se trimbalant en Lamborghini et qui pioche deux cartes **ultra-rares.**

Il a donc décidé que c'était son seul espoir de trouver le mythique Bonnet...

En fait, je connais des gens qui ont une Lamborghini, mais je ne l'ai pas dit à Marco parce que j'ai décidé qu'il était temps d'en finir avec ce délire.
Alors au lieu de lui fournir une Lamborghini, je lui ai proposé d'aller faire un tour avec ma voiture qui, dans mon style, est jolie mais beaucoup plus simple.
Et voilà comment dans l'après-midi, après ses devoirs, je l'ai emmené au centre commercial. Le voyage ne s'est pas très bien passé, mais j'ai tenu bon.

*Sur fond bleu banal.

On a fini par arriver au centre commercial et je l'ai emmené directement au magasin d'articles de sport du premier étage, où je lui ai acheté...

Heureusement, Marco a compris ce que je voulais lui dire et à partir de ce moment, il a arrêté d'accorder autant d'importance aux accessoires de Battle Zero. Bien entendu, deux jours plus tard, Jessica Ruffo a déniché le Bonnet Rouge de Straglothon (de plus en étant assise sur les toilettes de chez elle !!!) et Marco ne l'a pas trop bien pris. Mais entre-temps, il s'est habitué à son nouveau vrai bonnet et je ne pense pas qu'il l'enlèvera avant le retour de la chaleur.

Marco doit choisir comment s'habiller pour une fête de carnaval, on en parle depuis des semaines.
Il hésite entre pirate, Zorro et mousquetaire. Tous de grands classiques et très drôles, si vous voulez mon avis. Malheureusement pour Marco, ce n'est pas moi qui établis les tendances à la mode dans sa classe.

J'ai demandé à Marco s'il n'avait pas oublié la règle de base : mettre ce qu'on veut et **garder la tête haute.** Il a répondu que pour le carnaval, le jeu devient beaucoup plus dur. Et, aussi étrange que cela puisse paraître, quand ça joue dur, on ne peut pas avoir d'épée.

À cette occasion, je suis fier d'avoir trouvé une solution rapide. Après tout, il avait déjà un bonnet rouge assorti au légendaire Bonnet Rouge de Straglothon.
Il ne lui manquait pas grand-chose pour se déguiser en personnage de Battle Zero.

Le problème du costume étant résolu, Marco s'est rendu à la fête avec le sourire. Il a mangé des sandwichs, bu des jus, balancé du pop-corn et fait tout ce qu'un gamin de 11 ans aime faire à une fête. Il avait, cependant, négligé un détail...

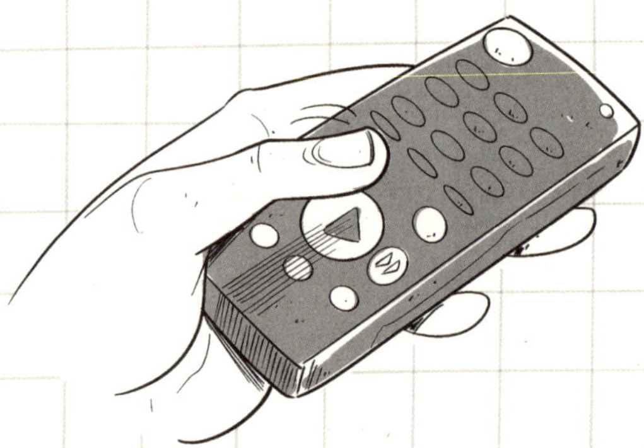

Revenons un peu en arrière : après toutes les fêtes d'anniversaire organisées sur les terrains de foot, c'est la première fête à domicile de la 6ᵉ C, et donc la première fête où l'on peut...

« Moi, j'aime pas danser », m'a dit Marco, ce qui, dans le langage des jeunes de 11 ans, signifie : « J'aimerais bien danser, mais j'ai honte, alors je ne le fais jamais, et même si j'essaie, le résultat laisse beaucoup à désirer. » Mais mon ami n'est pas le seul qui n'aime pas danser : beaucoup de ses camarades **s'écrasent** contre le mur par peur de devoir se produire devant tout le monde. Garçons et filles.

Marco a eu la surprise de découvrir qu'Anna Wang était également trop timide pour danser. Révélation qui l'a poussé à trouver le courage de lui parler. « Toi non plus t'aimes pas danser ? », il lui a demandé. Pour toute réponse, l'habituel regard noir.

Les fêtes au collège sont souvent comme ça : un **alignement de timides** collés au mur et quelques intrépides s'aventurant au centre de la pièce.

Perso, je crois au droit de chacun de s'amuser, indépendamment de ses capacités techniques en matière de danse, et je l'ai dit à Marco : « Quelle importance si certains de tes camarades sont meilleurs que toi ? »

Mon ami a répondu en me racontant ses tentatives pour vaincre sa timidité et danser, fête après fête.

• Pendant le carnaval, mais pas seulement, faire très attention aux confettis.

• Faire encore plus attention à ce qui se trouve par terre, comme l'a appris Marco la fois où, après avoir rassemblé tout son courage, il s'est décidé à danser
au milieu de la pièce.

• Mais le plus important pour Marco est d'être **toujours prêt** pour l'événement extrême : être invité à danser par une fille. Parce qu'il importe peu qu'elle soit mignonne ou non, qu'elle vous plaise ou non : si vous n'êtes pas exercé à refuser poliment, ça se terminera toujours de la même façon.

Si vous voulez mon avis, le secret consiste à se lâcher un peu. Moi aussi à l'âge de Marco, j'étais plutôt maladroit et je ne m'amusais pas beaucoup, mais petit à petit, j'ai commencé à me détendre et j'ai compris quelque chose de fondamental : la seule façon de se détendre c'est de -> DANSER.

Vous voyez le problème ?

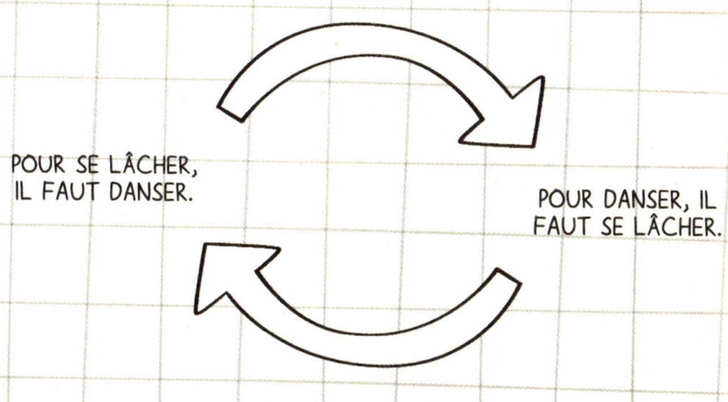

Comment s'en sortir ?! En vous exerçant un peu lorsque vous êtes seul, ou avec de vrais copains qui ne vous mettent pas dans la honte. C'est pourquoi j'ai décidé d'apprendre à Marco et à son pote Antonio une petite Khaby Dance que j'ai inventée pour l'occasion.

Une série de pas très simples, rien de plus. Mais de cette façon, Marco et Antonio avaient un petit programme à suivre pour se donner du courage.

Ce ne serait pas suffisant pour gagner à *Incroyable Talent*, mais au moins Marco pouvait s'amuser avec ses copains. Marco et Antonio avaient le trac et craignaient de ne pas se souvenir des pas.

Heureusement, ils s'en sont bien tirés avec la Khaby Dance. Du coup, même les autres, voyant que deux des plus timides de la classe dansaient sans complexe, les ont rejoints sur la piste.

Les temps **sont durs** pour Marco. En cours d'anglais, il a correctement utilisé une formulation hypothétique en inventant la phrase *If I were a frog I would jump*, qui signifie plus ou moins « Si j'étais une grenouille, je sauterais. »

Une phrase correcte, mais rien d'exceptionnel. Pourtant, le reste de 6e C en a été frappé comme si Marco avait récité toute une pièce de Shakespeare, à tel point qu'en sortant, Manuela Bottini a cru bon de bousculer le pauvre Marco. Tout le collège a assisté à la scène et s'est demandé la raison de cette agression soudaine.

En quelques heures, le désastre était accompli : Marco s'était fait une réputation d'**intello**, et maintenant tous les petits durs du collège voulaient le connaître.

Même ses camarades, qui le connaissent fort bien désormais, préfèrent croire la rumeur qui s'est répandue. « À cause d'une phrase stupide sur une grenouille, tout le monde me prend pour un intello » m'a expliqué Marco. « C'est un sacré bond en avant ! », je lui ai répondu, mais ça ne l'a pas fait rire.

S'il y a un avantage à être un intello, c'est que les profs considèrent comme acquis que vous avez travaillé. Il n'y a qu'un enseignant qui ne fait pas de différence entre les intellos et le reste du monde,

Monsieur Mottoli, le prof d'éducation physique pour qui une seule chose compte : augmenter le nombre de ses **followers**.

Les temps sont durs pour Marco et pour le reste de la 6e C : Monsieur Mottoli a en effet 1 993 followers sur Instagram™ et veut à tout prix arriver à 2 000.
Il a même préparé une photo avec un gag qu'il pense probablement avoir inventé.

Rappelez-vous, Monsieur Mottoli a l'habitude d'ignorer complètement certains détails comme faire faire de l'exercice à ses élèves, les garder en forme ou leur apprendre un sport, parce qu'il est trop occupé à penser à ses réseaux sociaux. Et à présent qu'il doit atteindre 2 000 abonnés, son engagement est vraiment égal à **zéro**. Et c'est quelque chose que Marco a du mal à avaler.

Ce matin, Monsieur Mottoli est arrivé au collège avec une idée très ambitieuse : faire un mannequin challenge. Un <u>truc</u> qui faisait fureur il y a quelques années, où chacun doit rester statique comme un mannequin pendant que la caméra tourne autour du groupe. Monsieur Mottoli a décidé d'en faire un basé sur un match de volley, en utilisant évidemment ses élèves.

Marco et ses camarades ont dû se placer sur le terrain de volley, figés comme des statues, dans toutes les positions possibles. Les plus chanceux étaient immobilisés au milieu d'un dribble mais il y avait aussi ceux qui devaient s'accroupir pour faire une manchette... ou pire.

Après 25 minutes de pose épuisante, les pauvres élèves ont essayé d'expliquer à leur prof que le mannequin challenge datait de plusieurs années et était complètement démodé. Mais pas moyen de le convaincre.
Mottoli ne serait satisfait que lorsqu'il aurait atteint la perfection.

Si vous voulez mon avis, ce Monsieur Mottoli est un vrai drame. Et je peux le dire parce que, pendant que Marco et ses camarades étaient forcés de faire le mannequin challenge, je passais devant le collège et j'ai tout vu à travers la grille d'entrée. J'ai décidé d'intervenir.

Heureusement, je suis un type patient...

Monsieur Mottoli a fini par me remarquer et s'est mis à crier : « C'est Khaby Lame ! C'est Khaby Lame ! »

Il a complètement oublié le challenge et a couru pour me saluer, tandis que ses élèves ont pu s'affaler par terre.

Le prof m'a demandé de faire un SELFIE et bien sûr je me suis prêté au jeu, car on ne refuse jamais un selfie, surtout si ça permet à Marco et aux autres de se reposer.

Résultat : Mottoli est resté là à prendre des selfies jusqu'à la fin de l'heure. Il en a posté un et a obtenu 2 992 followers, suite à quoi il est maintenant obsédé par l'idée d'atteindre 3 000. Mais le plus important, c'est que cette terrible épreuve a rapproché la classe.

C'est ce que Marco m'a dit l'après-midi même où il est venu me remercier de les avoir tous sauvés avant d'ajouter en parlant de Monsieur Mottoli : « Imagine un peu ! Il est convaincu que t'es vraiment Khaby Lame ! »

« Mais je **suis** Khaby Lame », j'ai rétorqué.

Ce qui a fait éclater de rire Marco et j'ai alors compris qu'il n'avait jamais réalisé qui j'étais.

Bref, Marco a envisagé toutes les possibilités sauf la plus simple, ce qui n'est pas bien. Il n'y avait qu'un seul moyen de le convaincre, et c'était très simple, **comme j'aime.**

Après notre petite victoire contre Monsieur Mottoli, je m'attendais à ce que l'humeur de Marco s'améliore, mais ça a empiré. Il m'a dit qu'il était fatigué parce qu'il travaillait beaucoup, mais j'ai vite compris que ce n'était pas la vraie raison. Il peut arriver que même des garçons intelligents comme Marco doivent bosser dur, bien entendu, mais pas au point d'en arriver là...

J'ai rappelé à Marco qu'il pouvait tout me dire. Et puis j'ai attendu patiemment, comme le font **les vrais amis.**

Finalement, hier après-midi, il est venu me voir. Comme d'habitude, nous sommes allés au snack de Mimmo et là, après avoir commandé deux portions géantes de frites, il m'a demandé : « Tu te souviens de cette fille, Anna Wang ? »

J'aurais dû comprendre tout de suite qu'un cafard aussi profond ne pouvait avoir pour cause qu'un **problème de cœur.**

Pourtant, mine de rien, j'ai simplement répondu :

« Oui, je me souviens d'elle, pourquoi ? »

« Je pensais lui écrire un message. »

« Pour lui dire quoi ? »

« C'est ça le problème », s'est plaint Marco. « Pour lui dire quoi ?! »

« Toi, tu voudrais lui dire quoi ? »

« Qu'elle me plaît ! », a-t-il fini par admettre, et pour le féliciter, je lui ai fait un grand sourire.

« Mais c'est clair que je ne peux pas lui écrire qu'elle me plaît », il a continué. « Et donc j'ai demandé de l'aide à Antonio. »

« C'est lui ton expert en affaires de cœur ? »

« C'est le seul qui a accepté de m'aider. »

J'ai répondu qu'il était bon de pouvoir compter sur un

ami proche, mais pour Marco, l'explication était beaucoup plus simple : Antonio avait lui aussi enfin obtenu son premier téléphone portable et crevait d'envie de chatter avec quelqu'un.

Les deux amis se sont aussitôt mis au travail. Marco envoyait à Antonio les messages qu'il voulait adresser à Anna, et Antonio lui répondait ce qu'il en pensait.

D'après une lecture rapide de leur discussion, il est **clair** qu'aucun d'eux n'a l'expérience ou l'instinct d'un bon séducteur. Ni d'aucun type de séducteur, d'ailleurs.

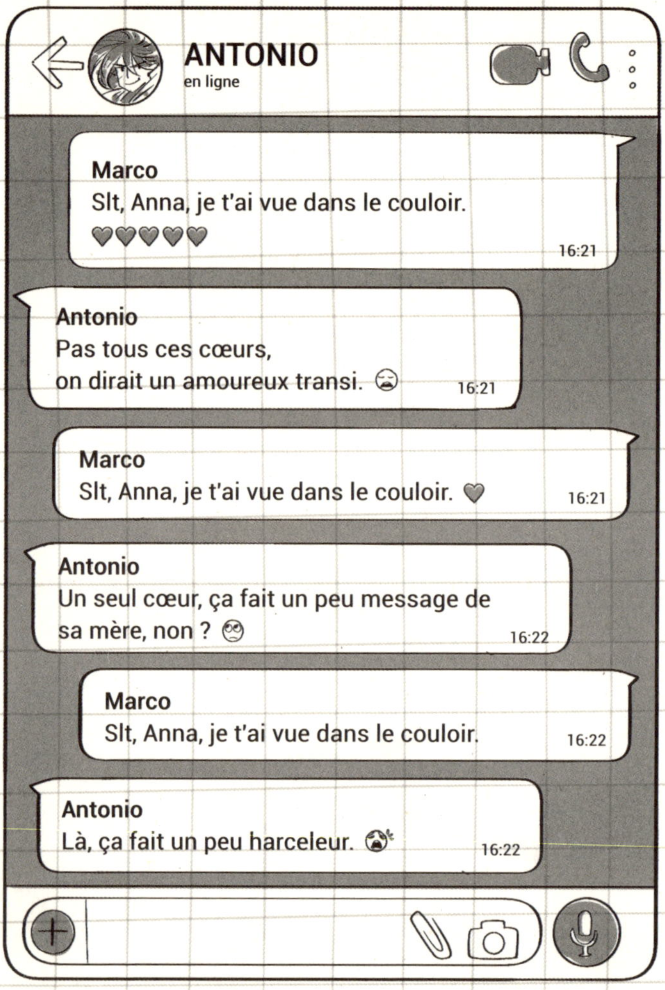

Les discussions étaient toutes plus ou moins sur ce ton, alors j'ai dit à Marco qu'il aurait pu me demander aussi. Il m'a répondu que j'étais une grande personne et que les grandes personnes ne comprenaient **RIEN** à certaines choses. Et c'est pourquoi il avait finalement décidé de s'adresser à sa sœur.

Je n'ai jamais parlé à la sœur de Marco, je ne l'ai rencontrée que quelques fois, rapidement, mais j'ai compris un truc à son sujet : s'il y a un **mauvais** conseil à donner, Viviana Morelli le donnera, et en effet...

« Non, non, non ! », j'ai dit à Marco, « ne jamais lâcher l'affaire, bien au contraire ! » Je pensais l'opposé de sa sœur. Pour moi, il devait passer à la vitesse supérieure. Il devait lui parler face à face. Mais malheureusement Marco a catégoriquement exclu cette possibilité.

« Attends, attends », j'ai lancé à Marco.
« J'ai l'impression que ce truc du regard d'Anna a pris une tournure un peu trop Mortal Kombat™. »
Et puis je lui ai fait dire toutes les fois où elle l'avait glacé du regard, pour les analyser « **à froid** ».

MAIS ELLES SONT CONFORTABLES. JE LES AIME BIEN !
VOUS VOUS CONNAISSIEZ DEPUIS QUELQUES JOURS, T'ES SÛR QU'ELLE EN AVAIT CONTRE TOI ET TES CHAUSSURES ?
TU LUI AVAIS ENVOYÉ UNE CHAUSSURE SUR LE PIF, PEUT-ÊTRE QUE ÇA L'A ÉNERVÉE ?
PROMIS JE L'AI PAS FAIT EXPRÈS !

En repassant les différents épisodes, j'ai démontré à Marco que cette histoire du regard qui glace, c'était plus une **LÉGENDE** qu'autre chose. Et puis, seulement quand j'ai vu qu'il doutait, j'ai sorti ma carte maîtresse et lui ai dit ce que j'avais vu pendant la saynète.

Marco ne pouvait pas le croire, « Anna a vraiment ri à mon imitation du chameau ? »

« Un petit peu », j'ai répondu pour être honnête.

Un petit peu, après tout, c'était suffisant : c'était la preuve qu'elle trouvait Marco sympa.

L'effet « dégel » a été immédiat.

J'ai vu une **étincelle de courage** s'allumer dans les yeux de mon ami.

« Voilà pourquoi il faut lui parler les yeux dans les yeux », j'ai insisté. Marco m'a regardé fixement, à mi-chemin entre l'effroi et le réconfort. Il avait trouvé le courage mais il lui manquait encore l'essentiel.

« OK, mais je lui dis quoi ?! »

J'avais déjà ma petite idée.

Je lui ai expliqué ce qu'il devait lui dire et il a commenté d'un : « **C'est tout ??** »

« Toujours commencer par les choses faciles » , j'ai répondu.

Le lendemain, à l'heure de la sortie du collège, je me suis planqué dans un coin pour jeter un œil à ce qui se passait.

La 6e C est sortie et s'est aussitôt dispersée sur le trottoir. Marco, lui, est resté derrière et a attiré l'attention d'Anna (en tirant sur son sac à dos, ce qui n'est pas très élégant, mais ça a marché). Elle s'est retournée et...

J'imagine déjà les plus romantiques d'entre vous se représenter Marco et Anna heureux ensemble...
Je vous arrête tout de suite. Ils ont bavardé et rien de plus. Quand on a 11 ans, avoir eu le cran de parler à quelqu'un qui te plaît, c'est déjà un exploit. Marcher en se tenant la main ? Se donner un baiser ?
Peut-être, un jour, qui sait. Toujours commencer par le plus simple, ce que, heureusement, Marco a compris.

Mais les problèmes de Marco sont loin d'être terminés, bien au contraire... « Qu'est-ce qui ne va pas, maintenant ? », je lui ai demandé quand je l'ai vu énervé. « Personne ne te considère plus comme un intello, Anna est devenue une bonne copine, t'es pas satisfait ? »

Eh bien oui, mon pote panique à cause de sa fête d'anniversaire qui approche.
« Et pourquoi ça ? » je lui ai demandé en plaisantant. « Tu détestes les cadeaux ? » Mais le problème est bien entendu lié à comment l'organiser. Au cours de l'année, ses camarades ont combiné toutes sortes de fêtes. Certains ont goupillé des événements grandioses et connu un succès incroyable, tandis que d'autres ont opté pour une petite fête toute simple.

« Les règles ont changé ! » m'a expliqué Marco d'un ton alarmé. « Le père de Gigi Martini avait préparé une chasse au trésor sur le thème des pirates et ça a été une cata ! »
« Pourquoi, les pirates sont nuls ? » Je me suis pourtant souvenu de quelque chose comme ça vers carnaval.

« Pire que ça ! Toutes les chasses au trésor, c'est pour les nuls ! »

« Et alors ? » j'ai voulu savoir. « Que faut-il pour faire une bonne fête ? »

Marco m'a répondu sans hésiter : « Espace, nourriture, musique, invités. » En commençant par l'espace :

Il va sans dire que le goûter doit être aussi abondant que possible. Ça peut aller de quelques plateaux de sandwichs au jambon à des plats de traiteur spécial dix-huit ans. Mais la nourriture n'est pas la chose qui intéresse vraiment les élèves de sixième.

Hélas pour Marco, ce qui compte ce n'est pas seulement le choix de la **musique**, mais aussi la puissance de la sono. Beaucoup de ses camarades ont loué un mur de haut-parleurs qui suffirait pour une rave, alors que pour les parents de Marco, le bon vieux radio-cassette portable familial, c'est tout bonnement parfait.

Et tandis que la bataille pour la sono fait rage chez lui, Marco a un autre problème pour lequel ses parents ne peuvent pas l'aider : les invités.

Ses camarades de classe n'en démordent pas. Pour qu'une fête cartonne, il faut des garçons et des filles d'autres classes.

Des garçons, de préférence plus âgés.

Des filles, du même âge sinon elles font trop peur.

Pour trouver des invités qui fassent décoller la fête, il est CRUCIAL d'avoir des frères ou des sœurs plus âgés qui peuvent amener leurs copains, mais la très douce Viviana a rapidement mis les choses au clair.

Je dois admettre que je pensais que Marco exagérait quant à l'importance de ces quatre paramètres.

En dehors du choix de la playlist, le reste ne compte guère, je lui ai dit.

Il m'a répondu en me citant le cas de Malick Touré, qui a fêté son anniversaire dans un jardin privé sous chapiteau, avec une méga sono double baffle de 300 watts, un photographe de discothèque et, à la fin, un bref passage de Mirko Serpellini de la 3ᵉ A.

Le soir même, les filles de la classe ont sacré Touré nouveau garçon le plus cool de la classe.

« Bien sûr », m'a dit Marco, « j'en demande pas autant. Si mes parents mettaient du leur pour pas que j'aie la honte, ça serait déjà énorme. »

Mais les choses ne semblent pas aller dans ce sens...

En fin de compte, les parents de Marco ont adopté une position que je partage entièrement. Ils lui ont dit qu'il était peu éducatif de dépenser trop d'argent pour une fête, que l'important était de pouvoir passer un après-midi en compagnie de ses amis.

Marco déprime grave et envisage d'annuler sa fête. J'ai passé tout le reste de la journée à chercher une solution, et j'ai continué à y songer toute la nuit. Je me suis tellement concentré que je n'ai même pas touché aux jeux vidéo. Et puis j'ai fini par aller sur TikTok™ à la recherche d'une nouvelle vidéo à faire et je suis tombé sur un Japonais qui trempait les pattes de ses chats dans de la peinture et les dirigeait ensuite avec un pointeur laser pour les faire écrire.

Ce pointeur laser m'a donné une idée géniale.

Le lendemain matin, j'ai attendu Marco devant chez lui pour lui en parler et il a adoré. Il en a touché deux mots à ses parents, qui ont beaucoup aimé et ont été heureux de couvrir les frais. Et c'est ainsi que les invitations ont été lancées.

Au début, personne n'a répondu. Chacun avait manifestement peur de se ridiculiser s'il était le seul à accepter. Sauf le brave Antonio, mais c'est à ça que servent les amis.

Mon plan, cependant, se basait sur le fait qu'on ne refuse jamais d'aller à une fête d'anniversaire. Et d'ailleurs, lorsque le vendredi est arrivé, toute la 6ᵉ C est venue au Laser Game et –> devinez quoi ?
Ils se sont **TOUS** éclatés comme des fous.

Étonnamment, Ginevra Pascali, qui avait coulé la partie précédente, a fait le meilleur score de victimes et a même déclaré : « On devrait le refaire ».
Alors, tous les autres, en chœur, ont promis d'organiser au moins une autre partie avant la fin de l'année.
Quelqu'un prétend même avoir vu Luca Pellegatti faire le bruit du laser avec sa bouche.

Et quand le moment est venu de souffler les bougies, vous auriez dû entendre ce boucan. Tout le monde chantait à tue-tête comme au stade.
Bref, on peut donc enfin le dire : Marco est arrivé à la fin de sa première année de collège indemne et entouré de **plein d'amis.**

Et, comme l'année, ce journal aussi est arrivé à son terme. J'espère que vous avez trouvé de nombreux conseils utiles pour résoudre vos problèmes. Et s'il y a autre chose qui vous complique la vie, rappelez-vous : commencez toujours par le plus simple.

Voilà qu'on m'a demandé ici de dire qui je suis. Il y a des gens qui écrivent des pages et des pages pour raconter leur vie, qui répondent à des interviews interminables voire écrivent leurs mémoires dans de gros livres (moi, vous le savez, j'aime lire des choses disons lestes : Le journal d'un dégonflé, les mangas...). C'est vrai que lorsque tu commences à te demander "qui je suis vraiment ?", tu n'en finis pas de te poser des questions, et moi, je préfère aller au plus simple. Je me suis donc rendu sur ma page Wikipédia, où tout y est : je m'appelle Khabane Lame, Khaby pour les amis, et je suis né en 2000 au Sénégal. Je suis venu vivre en Italie quand j'avais un ans. J'ai travaillé comme ouvrier dans une entreprise et j'ai perdu mon emploi pendant la pandémie. J'ai ainsi pu me consacrer à TikTok™ et j'ai publié mes premières vidéos. Et je dirais que ça m'a plutôt bien réussi, puisque j'ai actuellement 130 millions de followers.

RETROUVE LA BD DE KHABY

SUPER EASY